文 · 圖

黃郁欽

喜歡天馬行空的幻想，自由自在的畫圖。一九八八年開始創作繪本。
曾於二〇一六年入選義大利波隆那插畫展。
已出版的繪本有《給我咬一口》、《伊比伊比呀》、《媽媽是天使》、
《喵喵不要》等作品。

小小思考家 ❹

繪本 0286

要站哪一邊？

文 · 圖｜黃郁欽

責任編輯｜陳毓書　特約外編｜劉握瑜　美術設計｜蕭旭芳　行銷企劃｜溫詩潔
天下雜誌群創辦人｜殷允芃　董事長兼執行長｜何琦瑜
媒體暨產品事業群
總經理｜游玉雪　副總經理｜林彥傑
總編輯｜林欣靜　資深主編｜蔡忠琦　版權主任｜何晨瑋、黃微真

出版者｜親子天下股份有限公司
地址｜台北市 104 建國北路一段 96 號 4 樓
電話｜（02）2509-2800　傳真｜（02）2509-2462
網址｜www.parenting.com.tw
讀者服務專線｜（02）2662-0332　週一～週五 09:00～17:30
傳真｜（02）2662-6048　客服信箱｜parenting@cw.com.tw
法律顧問｜台英國際商務法律事務所・羅明通律師
製版印刷｜中原造像股份有限公司
總經銷｜大和圖書有限公司　電話｜（02）8990-2588

出版日期｜2022 年 1 月第一版第一次印行
　　　　　2023 年 6 月第一版第三次印行
定價｜320 元　書號｜BKKP0286P
ISBN｜978-626-305-124-9（精裝）

訂購服務
親子天下 Shopping｜shopping.parenting.com.tw
海外・大量訂購｜parenting@ cw.com.tw
書香花園｜台北市建國北路二段 6 巷 11 號　電話｜（02）2506-1635
劃撥帳號｜50331356　親子天下股份有限公司

立即購買 >

國家圖書館出版品預行編目資料

要站哪一邊?/黃郁欽文.圖. -- 臺北市：親子
天下股份有限公司, 2022.01
40面；21.5×30公分. -- (小小思考家 4)
注音版
ISBN 978-626-305-124-9(精裝)

863.599　　　　　　　　　110019379

要站哪一邊？

文·圖　黃郁欽

今天是美好的一天，
早晨的公園很熱鬧。

這裡
好多人喔。

跟好，
不要亂跑！

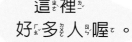

為什麼早上
要說早安？

早安。

早安。

早安。

在公園裡散步
最舒服了。

早起運動身體好。

做什麼？

什麼？

他們在做什麼？

風箏飛得好高。

不可以抓毛毛蟲。

啊！有毛毛蟲！快把牠抓起來！

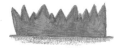

不ㄅㄨˊ過ㄍㄨㄛˋ， 在ㄗㄞˋ公ㄍㄨㄥ園ㄩㄢˊ的ㄉㄜ˙一ㄧˋ角ㄐㄧㄠˇ，
好ㄏㄠˇ像ㄒㄧㄤˋ有ㄧㄡˇ小ㄒㄧㄠˇ小ㄒㄧㄠˇ的ㄉㄜ˙紛ㄈㄣ爭ㄓㄥ。

那ㄋㄚˋ邊ㄅㄧㄢ怎ㄗㄣˇ麼ㄇㄜ˙
在ㄗㄞˋ吵ㄔㄠˇ架ㄐㄧㄚˋ？

我也討厭毛毛蟲。

毛毛蟲會把花的葉子吃光光，這樣花會死掉！

可是毛毛蟲要吃飽才會變成漂亮的蝴蝶。

蝴蝶真的很漂亮。

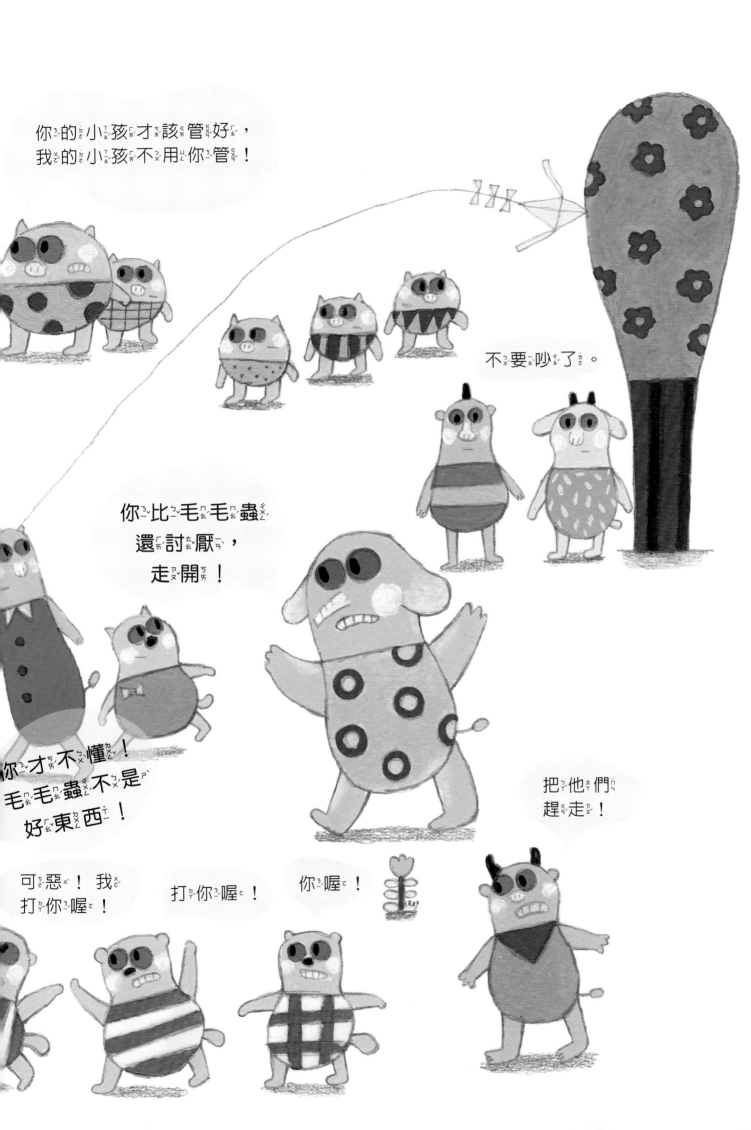

打ㄉㄚˇ架ㄐㄧㄚˋ不ㄅㄨˋ好ㄏㄠˇ啦ㄌㄚ。

吵ㄔㄠˇ著ㄓㄜ吵ㄔㄠˇ著ㄓㄜ， 大ㄉㄚˋ家ㄐㄧㄚ開ㄎㄞ始ㄕˇ打ㄉㄚˇ了ㄌㄜ起ㄑㄧˇ來ㄌㄞˊ，
從ㄘㄨㄥˊ右ㄧㄡˋ邊ㄅㄧㄢ打ㄉㄚˇ到ㄉㄠˋ左ㄗㄨㄛˇ邊ㄅㄧㄢ————

又ㄧㄡˋ從ㄘㄨㄥˊ左ㄗㄨㄛˇ邊ㄅㄧㄢ打ㄉㄚˇ到ㄉㄠˋ右ㄧㄡˋ邊ㄅㄧㄢ。

現ㄒㄧㄢˋ在ㄗㄞˋ到ㄉㄠˋ底ㄉㄧˇ是ㄕˋ什ㄕㄣˊ麼ㄇㄜ情ㄑㄧㄥˊ形ㄒㄧㄥˊ？

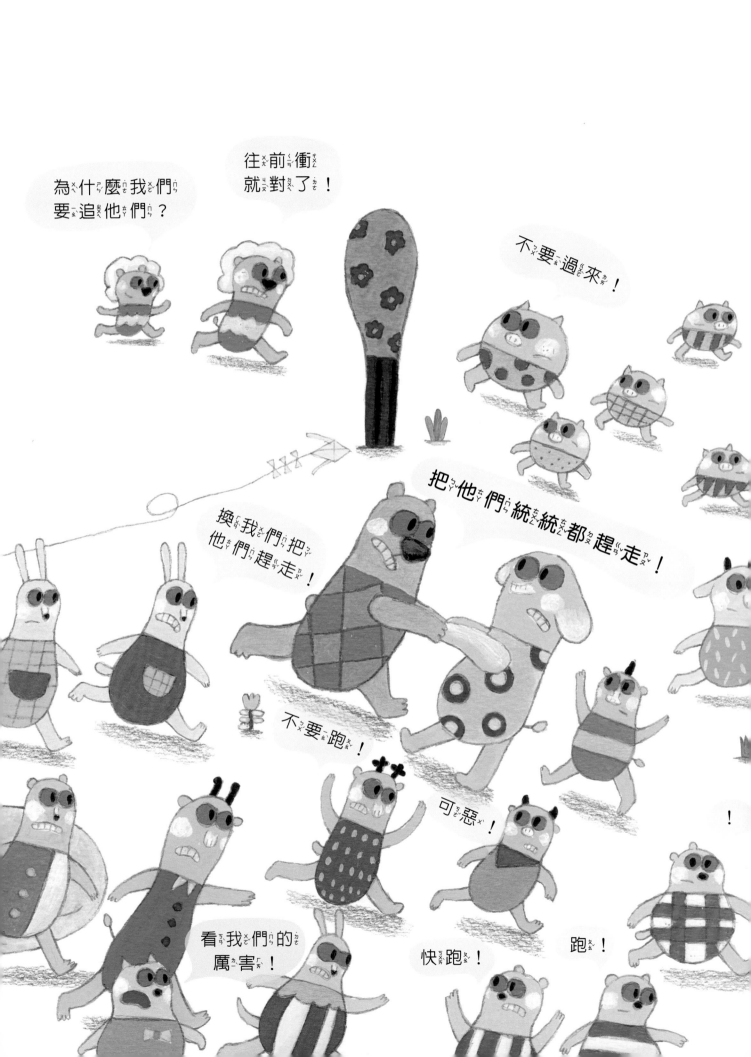

公園中間就像有一條線，
誰也不准跨到對面。

不准靠過來！

為什麼他們
不可以過來？

不要踩到
我的風箏。

這邊是我的，
不准過來！

現在只能在
左邊散步嗎？

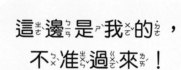

小心你的
手指頭！

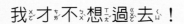
我才不想過去！

你也不准過來，
大家守好這條線！

為什麼要
一直吵？

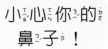
小心你的
鼻子！

我看你
敢不敢
過來！

敢不敢
過來！

過來！

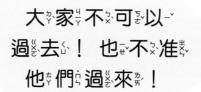

大家不可以過去！也不准他們過來！

為什麼我們不可以過去？

敢過來就讓他們好看！

你的問題太多了！

好啦，不要那麼凶。

我的風箏掉在那邊，怎麼辦？

對，不准過來！

最後，他們各自占據了
公園的左邊和右邊。

大家過來一點。

不准他們過來！
大家也不可以
過去！

分兩邊
不太好吧。

我來盯住
他們！

看！

給他們
好看！

敢過來
就給他們
好看！

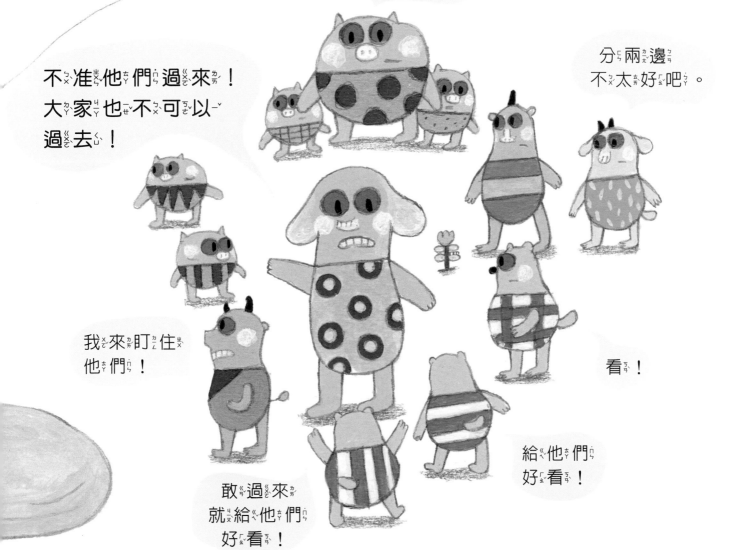

現在兩邊分得清清楚楚，
大家都要聽老大的話。

藍色是壞蛋！

他們壞壞！

藍色的統統都是壞蛋！

他們是壞蛋！沒有錯。

沒有錯！

錯！

罵到大家都沒力氣了，只剩
兩個老大還在對罵！

老大怕自己的人跑到另一邊，
連忙把大家集合起來。

老大下了命令，
還是控制不住大家。

給你。

不可以過去！

站住！把你的
腳縮回去！

就不要分
兩邊了吧。

我也要過去玩！

媽媽，
你看他！

好漂亮。

不可以拿黃花！

不可以拿……

啊丫———————

下ㄒㄚ雨ㄩˇ了ㄌㄜ˙！

雨越下越大，　大家身上的顏色，
統統被雨水洗掉了。　整個公園都
安靜下來，　只剩下刷刷刷的雨聲。

雨ⅱ停ㄊㄧㄥ了ㄌㄜ！
咦ㄧ？現ㄒㄧㄢ在ㄗㄞ誰ㄕㄟ是ㄕ哪ㄋㄚ一ㄧ邊ㄅㄧㄢ？

啊ㄚ！沒ㄇㄟ辦ㄅㄢ法ㄈㄚ。

好ㄏㄠ清ㄑㄧㄥ爽ㄕㄨㄤ。

公ㄍㄨㄥ園ㄩㄢ又ㄧㄡ變ㄅㄧㄢ得ㄉㄜ
好ㄏㄠ清ㄑㄧㄥ爽ㄕㄨㄤ。

爽ㄕㄨㄤ！

為ㄨㄟ什ㄕ麼ㄇㄜ天ㄊㄧㄢ上ㄕㄤ
會ㄏㄨㄟ有ㄧㄡ彩ㄘㄞ虹ㄏㄨㄥ！

哈ㄏㄚ哈ㄏㄚ哈ㄏㄚ！

一ㄧ定ㄉㄧㄥ是ㄕ有ㄧㄡ人ㄖㄣ
用ㄩㄥ彩ㄘㄞ色ㄙㄜ筆ㄅㄧ
在ㄗㄞ上ㄕㄤ面ㄇㄧㄢ亂ㄌㄨㄢ畫ㄏㄨㄚ！

彩ㄘㄞ虹ㄏㄨㄥ好ㄏㄠ漂ㄆㄧㄠ亮ㄌㄧㄤ。

你ㄋㄧ等ㄉㄥ著ㄓㄜ看ㄎㄢ，
毛ㄇㄠ毛ㄇㄠ蟲ㄔㄨㄥ一ㄧ定ㄉㄧㄥ
會ㄏㄨㄟ變ㄅㄧㄢ成ㄔㄥ蝴ㄏㄨ蝶ㄉㄧㄝ！

什ㄕ麼ㄇㄜ時ㄕ候ㄏㄡ？
我ㄨㄛ好ㄏㄠ期ㄑㄧ待ㄉㄞ！

陪兒童 一起想 一起說 一起問

陪孩子從提問開始，進行思考實驗

楊茂秀 毛毛蟲兒童哲學基金會創辦人

「小小思考家繪本系列」為父母、教師提供：如何向各種年齡層的孩童學習提問，養成提問的態度與習慣。換句話說，成人得要向小孩、也就是人類文化的新成員學習，而那是大人對小孩最恰當的尊重。

若期望透過共讀繪本進行思考力培育，最重要的是成人與兒童、老師與父母，共同經營探索社群，以合作的態度，透過繪本內容延伸與提問，協同面對生活的各個層面。

「小小思考家繪本」陪親子讀出思考力

聽專家們分享兒童思考力培育的觀察與經驗，同時也聽他們說說為什麼親子需要「小小思考家繪本系列」。

專家推薦

楊茂秀
毛毛蟲兒童哲學
基金會創辦人

朱家安
簡單哲學實驗室
共同創辦人

何翩翩
牧村親子共學教室
創辦人

Q 「小小思考家」企劃緣起是因為期望兒童成為一個世界公民，而許多研究公民教育的專家反映，從小學習關注公民權益，首要需要先培養思考能力，您認同嗎？

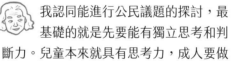 我認同能進行公民議題的探討，最基礎的就是先要能有獨立思考和判斷力。兒童本來就具有思考力，成人要做的是讓他們盡情的發問探索。

這個企劃緣起很好，公民意識和思考能力、思辨能力是密切相關的。

我認同。公民對外需要思考和理解能力來跟立場不同者溝通，發揮多元社會的精神；對內也需要思考和理解能力來做判斷，才能活出自己認同的美好人生。

Q 透過親子繪本共讀能夠培育思考力嗎？

孩子都喜歡聽故事，繪本故事是最好的思考力培育素材，只要故事能引起他們在生活上的連結與討論，就能進行思考力練習。所謂的思考力培育就是追隨孩子的提問進行思考探究，其深度和方式可隨孩子的狀態調整。

當然可以，但是幫學齡前的孩子挑可供討論的繪本主題要越具體，內容要越貼近生活。

只要有空間來形成討論，共讀就能培育思考力。「小小思考家」系列目前每冊都規劃出討論用的題目和遊戲，也是很好的起點。

Q 「小小思考家」參照「教育部十二年國教中的十九大議題」作為繪本的選題。如果可以為這個系列選書或者企劃，您會希望增加那一些主題或內容呢？

進行思考力培訓，重要的是成人的態度與共讀的方法。孩子們總是真誠的回應他們看見的，只要故事主題貼近孩子的生活即可。如果能有更多臺灣創作者自製的繪本，而且有更開放性的敘事方式會更好。

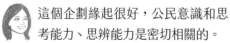 期望主題能更貼近臺灣孩子的生活經驗，像是：建立自我價值感、勇於展現自己的想法等。另外，思考力很抽象，通常都需要有討論或實際活動引導，所以書末的思考活動設計很好，讓思考力培育能搭配遊戲活動。

期望故事能打破刻板印象，擴大孩子對生活的想像。目前書末結合故事主題設計的思考活動和遊戲我相當喜歡，讓孩子練習思考，也讓成人練習陪伴孩子思考。

《要站哪一邊？》親師活動與思考練習

設計者 | 郭美秀 新竹陽光國小資深教師

思考議題

意見不同好好說！ 當衝突發生時，擁有通往雙贏的溝通技巧，才是人生贏家

現代的孩子，因為少子化，在成長過程中的互動對象，大多是理性的成年人，而「善解孩意」的大人們，總能從孩子些微反應中，迅速理解他們的需求，進而給予孩子需要的回應與協助；因此，當這些已習慣需求迅速被滿足的孩子們，進入了充滿同齡伙伴的學校，花最多時間學習的早已不是課本知識，而是與同儕之間的互動與溝通。

在學校發生衝突時，孩子們總習慣各持理由、互不相讓，就像故事裡的熊和象一樣，總想要爭奪輸贏，但衝突往往越演越烈。其實，孩子們需要的，只是學習新的溝通習慣，也就是能理解彼此感受與需求的換位思考，並在融合彼此的需求上，一起創造新可能的溝通模式。而這種新的溝通技巧，也將改變孩子面對衝突時的思考習慣，從「誰對誰錯、要聽誰的」轉為「我們理解彼此的感受與需要，我們一起創造新的可能」。而這種雙贏的溝通技巧，也是在這變化快速的社會中，人人都需要具備的智慧。

當衝突發生時，情緒總會擾動理智，平常我們會習慣帶著情緒表述理由，或急著澄清事發當時的緣由。面對這種情況，我們可以透過分析，將「好好吵架」步驟化：
1 先表達觀察到的**事實**
2 表達自己對這個事實的**感受**
3 雙方各自表達自己的**需求**
4 向對方或自己**邀約**新的可能性

透過這 4 種層次的對話練習，能有效拆解衝突中的心緒，分層表述，同時也分層理解，並達到良好理解與溝通，避免急促或情緒化的溝通習慣，限縮了共創新可能的機會。進一步的練習，可以參考下面兩項思考活動。

⚠️ 提醒
1 思考議題是從故事中延伸出來的討論主題之一，不是唯一，提供給陪伴孩子共讀的成人一個方向。
2 以讀者真心的好奇和提問出發，進行思考討論是最棒的。（其中的讀者包括孩子與成人）

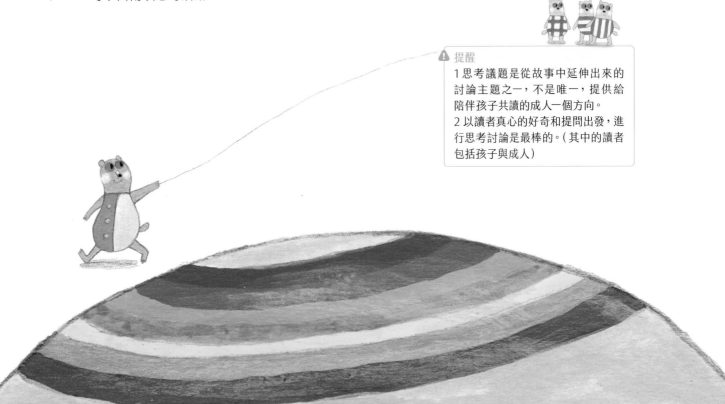

試著用角色扮演，練習「好好吵架」

活動人數：2~6 人（包含一位成人的帶領人）

STEP1　共讀繪本《要站哪一邊？》

STEP2　提問與討論

將提問或討論聚焦在故事中衝突事件的經過

提問範例：熊和象在公園發生了什麼事？邀請孩子用自己的話說一說事件的經過。

STEP3　邀請角色扮演，進行對話練習

邀請兩個人，一人扮演故事中的熊，一人扮演象，其他人扮演旁觀者。
（以下代稱：熊孩、象孩與旁觀者）

①「表達觀察到的**事實**」
・分別對熊孩與象孩提問，引導語：**「你現在是故事裡的熊先生，你是象先生。請說說一開始你在公園的一朵花前面看到什麼？」**

・問答中適當的協助孩子用第一人稱進入角色，**建議練習句型**：
熊孩：（我看見毛毛蟲正在把花的葉子吃掉。）
象孩：（我看見熊正想要把毛毛蟲抓走。）

> ⚠ 給大人的小提醒：「我看見……」是表達看見事實的練習句型。上面的句子僅是範例，可依實際情況引導孩子說出他們看見的。

・邀請旁觀者敘說想法：「請你們說一說聽完他們兩個說話後的想法。」

②「表達自己對上述事實的**感受**」
分別對熊孩與象孩提問：**「當你看見○○○○○○，你有什麼感覺？」**

・**建議練習句型**
熊孩：（我覺得難過，因為花被咬很可憐。／我感到不舒服，因為毛毛蟲正在傷害花。）
象孩：（我覺得很擔心，毛毛蟲會受傷。／我感到生氣，因為熊先生要抓走毛毛蟲。）

・邀請旁觀者敘說想法：「請說一說聽完他們兩個說話後的想法。」

> ⚠ 給大人的小提醒：「我覺得（感到）＋情緒詞……」是表達感受的練習句型。上面的句子僅是範例，可依實際情況引導孩子說出他們感覺到的。

③「表達各自的**需求**」
對熊孩提問：**「你看見毛毛蟲把花的葉子吃掉，你覺得難受，這讓你想要○○○嗎？」**
對象孩提問：**「你看見熊先生正要把毛毛蟲抓走，你覺得擔心，你想要○○○嗎？」**

・**建議練習句型**
熊孩：（我想要花不要受傷。）
象孩：（我想要毛毛蟲不要受傷。）

> ⚠ 給大人的小提醒：「我想要……」是表達內心需求的練習句型。上面的句子僅是範例，可依實際情況引導孩子說出他們想要的。

・邀請旁觀者敘說想法：「請你們說一說聽完他們兩個說話後的想法。」

④「向對方或自己**邀約**新的可能性」

在理解熊和象的感受和需求後，帶領者邀請所有人想一想：「如果想要同時滿足他們兩個人的想要，有哪些方式可以辦到呢？」

· 建議練習句型

大家：「**我們可以**○○○○○○。」

> ⚠️ 給大人的小提醒：「我們可以……」是邀約解決辦法的練習句型。上面的句子僅是範例，可依實際情況引導孩子說出他們的想法。

STEP4　聊聊新的溝通方式

帶領人邀請大家思考以下問題：

① 如果我們用剛才練習的四步驟句型，陪故事中的象和熊練習吵架，他們吵架的內容會變成什麼樣子？

② 在你的生活中，曾經有哪些衝突事件可以用我們剛才的對話練習，試著找出新的解決方式？

「我看見……」→「我覺得＋情緒的形容詞……」→「我想要……」→「我們可以……」

延伸練習

生活中怎麼好好吵架？

帶領人可以用前面孩子舉的例子練習，或是用以下的例子練習：

① 吃晚餐的時候，小明碗裡剩下不喜歡吃的青椒，但媽媽叫他一定要吃掉（媽媽／小明）。

② 小美和爸爸逛街的時候，看見喜歡的玩具，想要爸爸買，但是爸爸不願意（小美／爸爸）。

③ 阿吉週末在家打電動，媽媽看見他的房間很亂，規定他馬上把房間整理乾淨（阿吉／媽媽）。

※ 帶領人延伸閱讀書單：《非暴力溝通愛的語言》光啟文化出版

> ⚠️ 提醒：我們陪伴孩子在角色扮演的活動中練習「看見事實、表達感受、釐清內在需求、然後尋求新的可能」，這樣的練習用意在於讓孩子發現自己脫口而出的語句，原來包含那麼多感受與含義。而最好的練習題目就在日常生活中，如果和孩子一起生活的大人們，在生活中也常用這四層次與孩子溝通、互動，對孩子的言說習慣與理性思考的態度養成，將會有非常大的助益。